Ámbar,
el hada
anaranjada

Dedicado a Fiona Waters,
a quien le han gustado las hadas
toda la vida

Un agradecimiento especial
a Narinder Dhami

Originally published in English as
Rainbow Magic: Amber the Orange Fairy
Translated by Madelca Domínguez

ISBN-13: 978-0-545-11720-3
ISBN-10: 0-545-11720-8

12 11 10 9 8 7 6 5   11 12 13 14/0

Printed in the U.S.A.   40
First Spanish printing, June 2009

Ámbar, el hada anaranjada

por Daisy Meadows
ilustrado por Georgie Ripper

SCHOLASTIC INC.

New York   Toronto   London   Auckland   Sydney
Mexico City   New Delhi   Hong Kong   Buenos Aires

Palacio del
Reino de las
Hadas

Laberinto

Bosque

Olla

Huerto

Prado

Torre

Playa

Zona de mareas

Isla Lluvia Mágica

Que sople el viento, que haya hielo.
Creo una tormenta y no tengo miedo.
A las hadas del arco iris las he mandado
a las siete esquinas del mundo humano.

Miro el reino y yo solo me río
porque está gris y siempre habrá frío.
En todas sus esquinas y rincones,
el hielo quemará los corazones.

Rubí está a salvo en una olla al final del
arco iris. Ahora, Raquel y Cristina tendrán
que encontrar a
Ámbar, el hada anaranjada,
y ¡no cuentan con mucho tiempo!

Contenido

Una caracola muy particular

—¡Qué día tan hermoso! —dijo Raquel Walker mirando el cielo azul.

Ella y su amiga Cristina Tate caminaban por la playa de la isla Lluvia Mágica. Sus padres las seguían a poca distancia.

—Es un día *mágico* —añadió Cristina.

Las dos amigas se miraron y sonrieron.

Raquel y Cristina habían ido a Lluvia Mágica a pasar sus vacaciones. Pero muy pronto se dieron cuenta de que la isla era realmente un lugar mágico.

En los acantilados, vieron hoyos llenos de agua de mar que brillaban como joyas bajo la luz del sol.

Raquel vio un pequeño destello en uno de ellos.

—¡Allí, Cristina! —dijo—. Vamos a investigar.

Las chicas se inclinaron sobre las rocas y se agacharon para ver mejor.

El corazón de Cristina latía fuertemente mientras observaba el agua cristalina.

—¿Qué es? —preguntó.

De pronto el agua se movió. Un pequeño cangrejo marrón cruzó el fondo arenoso y desapareció bajo una roca.

Cristina se sintió decepcionada.

—Pensé que podría ser otra hada del arco iris —dijo.

—Yo también —dijo Raquel, dejando escapar un suspiro—. No te preocupes, seguiremos buscando.

—Por supuesto —dijo Cristina. Después se llevó un dedo a los labios al ver que sus padres se acercaban—. ¡*Ssssh*!

Cristina y Raquel guardaban un gran secreto. Estaban intentando ayudar a las hadas del arco iris. Jack Escarcha las había hechizado y ahora se encontraban en algún lugar de la isla Lluvia Mágica. Las hadas del arco iris eran las encargadas de darle color al Reino de las Hadas y, hasta que no fueran rescatadas, el Reino de las Hadas seguiría siendo oscuro y gris.

Raquel miró hacia el mar resplandeciente.

—¿Vamos a nadar? —preguntó.

Pero Cristina no le prestó atención. La chica trataba de tapar el sol para poder divisar la playa.

—Mira allá, Raquel, en esas rocas —dijo.

Entonces Raquel también lo vio. Algo brillaba bajo el sol.

—¡Espérame! —le gritó a Cristina, que ya corría por la playa.

Cuando vieron de qué se trataba, las dos chicas suspiraron decepcionadas.

—Es la envoltura de una barra de chocolate —dijo Raquel tristemente y se agachó a recoger el papel brillante.

Cristina pensó por un momento.

—¿Recuerdas lo que nos dijo la Reina de las hadas? —preguntó.

—La magia simplemente llegará —dijo Raquel—. Tienes razón, Cristina. Deberíamos tratar de disfrutar nuestras vacaciones y esperar a que suceda algo mágico. Después de todo, así fue como

encontramos a Rubí en una olla al final del arco iris, ¿te acuerdas? —Raquel puso su bolsa de playa en la arena—. Vamos, a ver quién llega primero al agua.

Las chicas corrieron hacia el mar. El agua estaba fría, pero sentían el sol a sus espaldas. Saludaron a sus padres, que estaban sentados en la arena, y comenzaron a jugar hasta que sintieron frío.

—¡Ay! —dijo Cristina cuando salían del agua—. Pisé algo filudo.

—A lo mejor era una caracola —dijo Raquel—. Hay muchas por aquí—. Se agachó, recogió una rosada y se la enseñó a Cristina.

—Veamos cuantas podemos encontrar —dijo Cristina.

Las dos chicas comenzaron a caminar
por la playa buscando caracolas.
Encontraron caracolas alargadas de
color azul y otras pequeñas y
redondeadas de color
blanco.
Muy pronto tenían las manos
llenas de caracolas. Habían
caminado rodeando la
bahía. Raquel echó
una mirada atrás y el
pelo le cubrió el
rostro a causa de una
repentina ráfaga de
viento.

—Mira cuánto nos
hemos alejado —dijo.

Cristina se detuvo. El viento le daba en la espalda y sintió escalofríos.

—Hace frío —dijo—. Regresemos.

—Sí, es casi la hora del almuerzo —dijo Raquel.

Las dos chicas se dieron la vuelta y comenzaron a caminar por la orilla de la playa. Solo habían avanzado unos pocos pasos cuando el viento dejó de soplar.

—Qué extraño, ¿verdad? Aquí no hay viento.

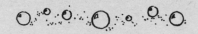

Miraron hacia donde habían estado
paradas y vieron los remolinos que el
viento formaba en la arena.

—¡Increíble! —dijo Raquel.

Las chicas se miraron emocionadas.

—Es magia —susurró Cristina—. ¡Tiene
que ser!

Regresaron al lugar donde habían
estado antes y el viento las envolvió. La
arena a sus pies comenzó a moverse
suavemente hacia un lado, como si unas
manos invisibles la empujara. Entonces,
vieron una gran concha de vieira en la
arena. Era mucho más grande que las
otras caracolas que habían encontrado en
la playa. Tenía un color anaranjado pálido
y estaba herméticamente cerrada.

Rápidamente, las chicas se arrodillaron
en la arena, dejando a un lado las

caracolas que habían recogido. Cristina estaba a punto de coger la concha de vieira cuando Raquel se lo impidió.

—Escucha —susurró.

Las chicas prestaron mucha atención.

Raquel sonrió cuando escuchó de nuevo el sonido.

Dentro de la concha, se escuchaba un zumbido…

La pluma mágica

Con mucho cuidado, Raquel recogió la concha de vieira. Se sentía caliente y su superficie era suave.

El zumbido paró de inmediato.

—No debo tener miedo —dijo una vocecilla—. Debo ser

valiente, muy pronto alguien vendrá a ayudarme.

Cristina acercó la cara a la concha.

—Hola —dijo—. ¿Hay un hada allá dentro?

—Sí —dijo la vocecilla—. Soy Ámbar, el hada anaranjada. ¿Puedes sacarme de aquí?

—Por supuesto —prometió la chica—. Me llamo Cristina, y aquí también está mi amiga Raquel. —Cristina miró a Raquel con ojos emocionados—. ¡Hemos encontrado otra hada!

—Rápido —dijo Raquel—. Abramos la concha.

Tomó la concha en sus
manos y trató de abrirla,
pero no pudo.

—Intentémoslo de nuevo
—dijo Cristina.

Cada una de las chicas sujetó
la concha por un lado y ambas
hicieron fuerza. Pero la concha
no se abrió.

—¿Qué pasa? —preguntó Ámbar. El
hada parecía preocupada.

—No podemos abrir la concha —dijo
Cristina—. Pero no te preocupes, ya
encontraremos la forma. —Se volvió hacia
Raquel—. Si encontramos un palo, quizás
la podamos abrir.

Raquel miró hacia la playa.

—No veo ningún palo —dijo—. Quizás
podamos intentarlo con una piedra.

—Pero eso podría hacerle daño a Ámbar —dijo Cristina.

De pronto, Raquel recordó algo.

—¿Y qué tal si utilizamos los instrumentos que están en las bolsas mágicas que nos dio la Reina? —dijo.

—Por supuesto —exclamó Cristina.

La chica acercó de nuevo la cara a la concha.

—Ámbar, vamos a buscar en nuestras bolsas mágicas —dijo.

—Está bien —contestó Ámbar—. Pero por favor, dense prisa.

Raquel abrió su bolsa de playa. Las dos bolsas mágicas estaban ocultas bajo su toalla de playa. Una de las bolsas

resplandecía con una luz roja. Raquel la
sacó con mucho cuidado.

—Mira —le susurró a Cristina.

—Ábrela pronto —respondió la chica.

Mientras Raquel intentaba abrir la
bolsa, una explosión de destellos escapó de
la bolsa.

—¿Qué hay adentro? —preguntó
Cristina poniendo a
un lado la
concha.

Raquel metió
la mano dentro
de la bolsa.

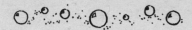

Sintió algo ligero y suave. Lo sacó, diseminando destellos por doquier. Era una pluma dorada.

Cristina y Raquel miraron detenidamente la pequeñísima pluma.

—Es muy bonita —dijo Cristina—. Pero ¿qué vamos a hacer con ella?

—No lo sé —contestó Raquel.

Intentó usar la pluma para abrir la concha, pero la pluma se doblaba en su mano.

—Quizás debamos preguntarle a Ámbar.

—Ámbar —dijo Cristina—, buscamos en nuestras bolsas mágicas y encontramos una pluma dorada.

—¡Qué buena noticia! —dijo Ámbar alegremente desde dentro de la concha.

—Pero no sabemos qué hacer con ella —añadió Raquel.

Ámbar se echó a reír. Su risa se parecía al sonido de una campanilla.

—Tienen que hacerle cosquilla a la concha —dijo.

—¿Crees que eso funcione? —le preguntó Raquel a Cristina.

—Intentémoslo —respondió Cristina.

Raquel comenzó a hacerle cosquillas a la concha con la pluma. Al principio, no sucedió nada, pero después escucharon una

risa ahogada que provenía de dentro de la concha.

Después escucharon más risas. Muy lentamente, la concha comenzó a abrirse.

—¡Está funcionando! —dijo Raquel emocionada—. Sigue haciéndole cosquillas.

La concha no podía contener la risa y se abría cada vez más… Y allí, dentro de la concha anaranjada se encontraba Ámbar, el hada anaranjada.

Un extraño en la olla

—¡Soy libre! —gritó Ámbar feliz.

El hada salió de la concha y revoloteó en el aire. Sus alas resplandecían con los colores del arco iris y el polvo de hada anaranjado que dejaba caer flotaba, convirtiéndose en burbujas a medida que caía alrededor de Cristina y Raquel. Una

de las burbujas aterrizó en la mano de Raquel y explotó.

—¡Las burbujas huelen como las naranjas! —dijo Raquel con una sonrisa.

Ámbar voló hacia el cielo, dando volteretas en el aire.

—¡Gracias! —exclamó y comenzó a descender hacia Raquel y Cristina.

Llevaba puesta una malla de color anaranjado, como las que usan los bailarines, y unas botas. Su pelo castaño estaba recogido en una cola de caballo,

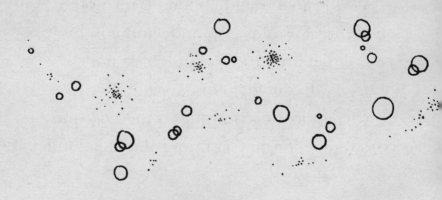

atada con una cita anaranjada pálida. En
su mano llevaba una barita anaranjada
con la punta dorada.

—¡Estoy tan contenta de que me hayan
encontrado! —gritó Ámbar. El hada
aterrizó en el hombro de Raquel y después
dio una voltereta hasta llegar a Cristina—.
Pero ¿quiénes son ustedes? Y ¿dónde están
mis hermanas? ¿Acaso saben qué está

pasando en el Reino de las Hadas? ¿Cómo puedo regresar allá?

Hablaba tan rápido que Raquel y Cristina no entendieron ni una palabra.

De pronto, Ámbar se detuvo. Sobrevoló a las chicas y aterrizó suavemente en la mano de Raquel.

—Lo siento —dijo con una sonrisa—. Pero me moría de ganas por hablar. He estado atrapada dentro de esa concha de vieira desde que Jack Escarcha nos echó del Reino de las Hadas. ¿Cómo supieron dónde encontrarme?

—Cristina y yo le prometimos a tu hermana Rubí que buscaríamos a todas las hadas del arco iris —dijo Raquel.

—¿Rubí? —el rostro de Ámbar se iluminó. Comenzó a dar vueltas por la mano de Raquel—. ¿Encontraron a Rubí?

—Sí, y ahora está en un lugar seguro —dijo Raquel—. Está dentro de una olla al final del arco iris.

Ámbar dio una voltereta.

—Por favor, llévenme con ella —rogó.

—Le preguntaré a nuestros padres si podemos salir a caminar —dijo Cristina y salió corriendo por la playa.

—¿Sabes lo que está pasando en el Reino de las Hadas? —le preguntó Ámbar a Raquel.

La chica asintió. Raquel y Cristina habían volado hasta el Reino de las Hadas junto a Rubí. El hada había utilizado su magia para empequeñecer a

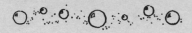

las chicas y les había dado alas mágicas de hada.

—El rey Oberón y la reina Titania las extrañan mucho —dijo Raquel—. Sin colores, el Reino de las Hadas es un lugar muy triste.

Ámbar dejó caer las alas. En ese momento, Cristina se acercó corriendo.

—Mamá dice que podemos salir a caminar —dijo casi sin aire.

—Entonces, ¿a qué esperamos? Vamos —dijo Ámbar.

El hada alzó el vuelo y dio otra voltereta en el aire. Raquel sacó los pantalones cortos, camisetas y zapatillas de la bolsa de playa y las chicas se vistieron.

—Raquel, ¿podrías traer la concha de vieira? —preguntó Ámbar.

—Sí, si así lo deseas —respondió Raquel sorprendida.

—Es muy cómoda —explicó el hada—. Será una cama perfecta para mí y mis hermanas.

Raquel puso la concha dentro de su
bolsa de playa y después echaron a andar.
Ámbar iba sentada con las piernas
cruzadas sobre el hombro de Cristina.

—Mis alas están un poco rígidas después
de haber pasado tanto tiempo dentro de la

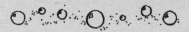

concha —dijo el hada—. No creo que todavía pueda volar muy lejos.

Las chicas siguieron el sendero hasta el claro del bosque donde se encontraba la olla oculta.

—Hemos llegado —dijo Raquel—. La olla está justo allá.

La olla estaba exactamente donde las chicas la habían dejado, bajo un sauce llorón. Pero en ese momento, de la misma salía una inmensa rana verde.

—¡Ay, no! —dijo Raquel.

Las chicas miraron a la rana horrorizadas.

¿Dónde está Rubí?

Hogar dulce hogar

Raquel se lanzó hacia la rana y la agarró por la panza.

La rana viró la cabeza y la miró fijamente con sus ojos saltones.

—¿Qué crees que estás haciendo? —dijo.

Raquel no podía creer lo que había escuchado y soltó a la rana, que comenzó a saltar, alejándose de la chica.

—¡Esa rana habla! —dijo Cristina con los ojos abiertos como platos—.Y parece que lleva gafas.

—¡Beltrán! —Ámbar descendió volando del hombro de Cristina—. No sabía que eras tú.

Beltrán bajó humildemente la cabeza mientras Ámbar lo abrazaba.

—¡Menos mal que está bien, Srta. Ámbar! —dijo alegremente—. Estoy encantado de volverla a ver.

Ámbar miró a las chicas y exclamó:

—Beltrán no es una rana común y corriente —dijo—. Es uno de los lacayos del rey Oberón. Siempre está al lado del Rey y la Reina.

—¡Tienes razón!
—dijo Cristina—.
Ahora lo recuerdo.
Lo vimos cuando
visitamos el
Reino de las Hadas.

—Pero entonces
llevaba uniforme
—añadió Raquel.

—Disculpe, señorita, pero una rana en uniforme en la isla Lluvia Mágica sería fatal —dijo Beltrán—. Es mucho mejor que parezca una rana ordinaria.

—Pero ¿qué haces aquí? —preguntó
Ámbar—. Y ¿dónde está Rubí?

—No se preocupe, Srta. Ámbar
—contestó Beltrán—. La Srta. Rubí está
fuera de peligro dentro de la olla —de
pronto cambió el tono de voz—. El rey
Oberón me envió a Lluvia Mágica. Las
hadas de las nubes vieron salir a los
duendes de Jack Escarcha del Reino de las
Hadas. Creemos que los ha enviado hasta
aquí para que le impidan a estas jovencitas
encontrar al resto de las hadas del
arco iris.

Cristina sintió un escalofrío
que le recorrió el cuerpo.

—¿Los duendes de Jack
Escarcha? —dijo.

—Son sus sirvientes —explicó
Ámbar. Sus alitas temblaban y

parecía asustada—. Quieren que el Reino de las Hadas siga siendo oscuro y gris.

—No tema, Srta. Ámbar —dijo Beltrán—. Estoy aquí para cuidarla a usted y al resto de las hadas.

De pronto, una lluvia de polvo de hada rojo salió de la olla.

—Escuché voces —gritó Rubí alegremente—. Ámbar, ¡sabía que eras tú!

—¡Rubí! —dijo el hada anaranjada
dando volteretas en el aire hasta llegar a
su hermana.

Raquel y Cristina contemplaron cómo
las dos hermanas se abrazaron en el aire.

El cielo se llenó de flores rojas y burbujas anaranjadas.

—Gracias, Cristina y Raquel —dijo Rubí. Las hadas volaron hasta las chicas—. Es un gran alivio saber que Ámbar está bien.

—¿Y tú cómo estás? —preguntó Raquel.

—Estoy bien ahora que Beltrán está aquí —respondió Rubí—. He intentado hacer de la olla una verdadero hogar. Nos podremos quedar allí hasta que encuentren a todas las hadas del arco iris.

—He traído una concha de vieira conmigo —dijo Ámbar—. Será una cama espléndida para todas nosotras. ¿La podrías sacar, Raquel?

La chica puso su bolsa sobre la hierba y sacó la concha de color anaranjado pálido.

—Es muy hermosa —dijo Rubí, y le sonrió a Cristina y a Raquel—. ¿Les gustaría ver nuestro nuevo hogar? —preguntó.

—Pero nosotras no cabemos en la olla —comenzó a decir Raquel. Entonces, comenzó a sentir un cosquilleo—. ¿Nos vas a volver a encoger?

Rubí asintió. Las hadas revolotearon sobre las cabezas de las chicas dejando caer polvo de hada. Raquel y Cristina comenzaron a ponerse pequeñitas, como ya les había sucedido en una ocasión. Muy pronto, eran del mismo tamaño que Rubí y Ámbar.

—Me encanta ser un hada —dijo Cristina alegremente. Miró sobre su hombro para ver sus alas plateadas.

—A mí también —dijo Raquel. Ya se estaba acostumbrando a ver las flores como si fueran árboles.

Beltrán dio un salto y se subió a la olla.

—Esperaré aquí afuera —dijo.

—Vengan por aquí —dijo Rubí.

El hada roja tomó la mano de Raquel y el hada anaranjada la mano de Cristina.

Las chicas revolotearon en el aire, pasando tan cerca de una mariposa que sintieron sus alas aterciopeladas.

—Estoy mejorando mi vuelo —dijo Cristina cuando aterrizó en el borde de la olla. Miró hacia adentro con curiosidad.

La olla estaba totalmente iluminada por la luz del sol. En ella había sillas diminutas hechas de palillos. Cada una de las sillas tenía un cojín hecho de una cereza y algunas alfombras de un verde brillante cubrían el suelo.

—¿Traemos la concha? —preguntó Raquel.

Todas pensaron que era una excelente
idea. Cuando salieron de la olla, vieron a
Beltrán empujando la concha a través de
la hierba.

—Menos mal que están aquí —dijo la
rana.

A Raquel y a Cristina les pareció que la
concha era muy pesada ahora que eran
del mismo tamaño que Rubí y Ámbar.
Pero Beltrán las ayudó a levantarla y

meterla en la olla. Muy pronto la concha ocupó un lugar dentro de la olla. Rubí cubrió su interior con pétalos de rosas rojas.

—La olla se ve preciosa —dijo Raquel.

—Me encantaría vivir aquí —dijo Cristina.

Rubí se dirigió a su hermana.

—¿Te gusta, Ámbar?

—Es muy hermosa —respondió Ámbar—. Me recuerda a nuestra casa en el Reino de las

Hadas. Me encantaría volver pronto allá. Lo extraño tanto.

—Bueno, sabes que no podemos volver al Reino de las Hadas hasta que no estemos todas reunidas de nuevo —dijo Rubí sonriendo—. Pero te lo puedo mostrar. Sígueme.

Beltrán estaba todavía de guardia al lado de la olla cuando las hadas salieron volando.

—¿Adónde va, Srta. Rubí? —preguntó.

—Al estanque mágico —dijo Rubí—. Ven con nosotras.

Rubí dejó caer polvo de hada encima de Raquel y Cristina y

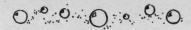

muy pronto las chicas
recuperaron su tamaño normal.
Entonces, todos se dirigieron
al estanque.

Rubí sobrevoló el
agua del estanque
rociando polvo de
hada y, como había
ocurrido anteriormente, una
imagen comenzó a aparecer.

—El Reino de las
Hadas —dijo
Ámbar mirando
fijamente el
agua.

Raquel y
Cristina
también observaron la

imagen. El Reino de las Hadas parecía un
lugar triste y frío. El palacio, las casas de
hongos, las flores y los árboles estaban
cubiertos de una capa de hielo y todo era
de color gris.

De pronto, una brisa helada recorrió la superficie del estanque y la imagen comenzó a desaparecer.

—¿Qué pasa? —preguntó Cristina.

Todos observaron fijamente el agua del estanque. Otra imagen comenzaba a

tomar forma, una cara alargada y fea con carámbanos de hielo en la barba y en la cabeza.

—Jack Escarcha —dijo Rubí con horror. Al terminar de decir eso, el aire se tornó muy frío y los bordes del estanque comenzaron a congelarse.

—¿Qué está pasado? —preguntó Raquel tiritando de frío.

—Algo terrible —dijo Beltrán dando un salto—. Esto quiere decir que los duendes de Jack Escarcha están muy cerca.

Duendes al acecho

A Raquel y a Cristina se les puso la piel de gallina. El estanque se congeló completamente y la imagen de Jack Escarcha desapareció.

—Síganme —ordenó Beltrán saltando hacia unos arbustos—. Nos esconderemos aquí.

—Quizás debamos regresar a la olla
—dijo Rubí.

—No si los duendes están cerca
—respondió Beltrán—. Debemos cuidar
nuestro escondite.

Las chicas se agacharon detrás de los
arbustos y se arrimaron a Beltrán. Rubí y
Ámbar se sentaron muy quietecitas sobre el
hombro de Cristina. A cada momento el

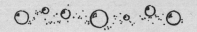

frío era más intenso. Las chicas no podían
dejar de tiritar.

—¿Cómo son los duendes? —preguntó
Raquel.

—Son más grandes que nosotras —dijo
Ámbar. El hada no podía dejar de temblar
del miedo.

—Y tienen el rostro
desagradable, una nariz
larga y unos pies enormes
—añadió Rubí sujetando
con fuerza la mano de
Ámbar.

—*Shhhhh*, Srta. Rubí —dijo
Beltrán—. Escuché algo.

Raquel y Cristina prestaron atención.
De pronto, Raquel vio una sombra con
una nariz muy larga atravesar el claro del
bosque y dirigirse hacia los arbustos donde

estaban escondidas. Tomó la mano de Cristina. Estaban intentando ver a través de los arbustos cuando escucharon unos sonidos a su lado. Las dos chicas por poco saltan del susto.

—¡Oye! —se escuchó una voz áspera—. ¿Qué estás haciendo aquí?

Raquel y Cristina aguantaron la respiración.

—Nada —respondió otra voz igual de áspera.

—Duendes —le susurró Ámbar a Cristina.

—Me pisaste un dedo —dijo el primer duende muy molesto.

—No fui yo —dijo el otro.

—Sí, fuiste tú. Pon tus pies enormes en otro lugar, ¿me oyes?

—Bueno, al menos mi nariz no es tan larga como la tuya.

Los arbustos no dejaban de moverse. Parecía que los duendes estaban peleando.

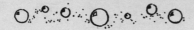

—Quítate de en medio —gritó uno de los duendes—. ¡Ay!

—Eso te va a enseñar a no volver a empujarme —gritó el otro.

Raquel y Cristina se miraron alarmadas. ¿Qué pasaría si los duendes las descubrían?

—Vamos —dijo finalmente uno de los duendes—. A Jack Escarcha le va a dar un patatús si no encontramos a las hadas. Ya sabes, debemos impedir que regresen al Reino de las Hadas.

—Bueno, pero no están aquí —dijo el otro—. ¿Acaso las ves? Busquemos en otro lugar.

Las voces se fueron extinguiendo poco a poco y los arbustos dejaron de moverse. De pronto, el aire volvió a sentirse cálido y solo se escuchó el crujir del hielo cuando el estanque comenzó a descongelarse.

—Se fueron —dijo Beltrán—. Rápido, metámonos en la olla.

La rana, las chicas y las hadas se apresuraron a llegar a la olla, que aún estaba bajo el sauce llorón, en el mismo lugar donde la habían dejado.

—Me quedaré afuera en caso de que regresen los duendes —dijo Beltrán.

Pero un grito de Cristina los paralizó a todos.

—¡Miren! La olla está congelada.

Todos voltearon a mirar y suspiraron a la vez.

Cristina tenía razón. La parte de arriba de la olla estaba cubierta de hielo. Nadie podría entrar, ni siquiera una pequeñísima hada.

Beltrán al rescate

—¡Qué horror! —dijo Rubí—. Los duendes estuvieron muy cerca. Fue una suerte que no nos descubrieran.

Rubí voló hasta la olla seguida por Ámbar. Trataron de romper el hielo con sus alas, pero no lo consiguieron.

—¿Crees que nosotras podremos? —le preguntó Cristina a Raquel—. Quizás si utilizamos un palo.

Pero Beltrán tuvo una idea.

—Todas hacia atrás —dijo la rana dando un salto.

Las chicas retrocedieron hasta el borde del claro. Rubí se sentó en la mano de Cristina y Ámbar voló hasta Raquel. Las chicas y las hadas se dispusieron a observar.

De pronto, Beltrán dio un gran salto. Le dio a la capa de hielo que cubría la olla con sus patas palmeadas, pero el hielo no se rompió.

—Volveré a intentarlo —dijo sin aire.

La rana volvió a saltar y le dio al hielo. Esta vez, la capa de hielo se agrietó. Beltrán dio un salto más y el hielo se

hizo añicos. Algunos
pedazos cayeron dentro de
la olla y Raquel y Cristina
se acercaron a sacarlos antes
de que se derritieran.

—Ya está —dijo la rana.

—Gracias, Beltrán —dijo
Rubí.

Rubí y Ámbar volaron hasta
donde estaba Beltrán y lo
abrazaron.

La rana estaba feliz.

—Solo estaba cumpliendo con mi
trabajo, Srta. Rubí —dijo—. Usted y la
Srta. Ámbar deberán quedarse dentro de la
olla de ahora en adelante. Es muy
peligroso salir.

—Pero primero tenemos que despedirnos
de nuestras amigas —dijo Ámbar.

El hada revoloteó en el
aire, dio una voltereta y les
sonrió a Raquel y Cristina.

—Muchas gracias —dijo.

—Las veremos muy pronto
—dijo Raquel.

—Cuando hayamos encontrado a
otra de sus hermanas —añadió Cristina.

—Buena suerte —dijo Rubí—.
Estaremos esperándolas.Vamos Ámbar—.
El hada roja tomó la mano de su hermana
y ambas volaron hasta la olla. Después, se
voltearon para decirles adiós a sus amigas.

El hada roja y el hada anaranjada desa-
parecieron dentro de la olla.

—No se preocupen —dijo
Beltrán—.Yo las cuidaré.

—Sabemos que lo harás
—dijo Raquel recogiendo su

bolsa de playa. Ella y Cristina
emprendieron la marcha para salir del
bosque—. Me alegra mucho que Rubí ya
no esté sola. Ahora tiene a Ámbar y a
Beltrán.

—No me gustaron nada esos duendes
—dijo Cristina y un escalofrío le recorrió
el cuerpo—. Espero que no regresen de
nuevo.

Las chicas volvieron a la playa. Sus
padres estaban recogiendo las toallas de

playa. El papá de Raquel fue el primero en verlas.

—¿Dónde andaban? —dijo con una sonrisa—. Nos estábamos alistando para ir a buscarlas.

—¿Ya nos vamos a las cabañas? —preguntó Raquel.

El Sr. Walker asintió.

—Qué extraño —dijo—, de pronto sentí frío.

Mientras hablaba, un viento helado envolvió a Raquel y Cristina. Las amigas

temblaron y miraron al cielo. El sol había desaparecido detrás de una nube gris. Los árboles se doblaban con el viento y las hojas susurraban como si hablaran entre ellas.

—Los duendes de Jack Escarcha andan por aquí —susurró Cristina.

—Tienes razón —dijo Raquel—. Espero que Beltrán cuide bien a Rubí y a Ámbar mientras nosotras buscamos a las otras hadas del arco iris.

Cristina asintió y le sonrió a Raquel. Todavía les quedaban por buscar cinco hadas del arco iris. Necesitarían de toda la magia posible y de todo su ingenio para encontrarlas, pero estaba segura de que lo lograrían juntas.

Rubí y Ámbar han sido rescatadas.
Ahora ha llegado el momento de buscar a
Azafrán, el hada amarilla.

¿Dónde puede estar?
Únete a la aventura de Cristina y Raquel
leyendo un avance del próximo libro. . .

Una abeja furiosa

—¡Aquí, Cristina! —dijo Raquel Walker.
Cristina corrió a través de uno de los
campos color esmeralda que abundaban
en esta zona de la isla Lluvia Mágica. Una
inmensidad de flores diminutas adornaba
la hierba.

—No te alejes mucho —gritó la mamá
de Cristina.

Los padres de Cristina intentaban pasar por encima de una cerca que rodeaba el campo.

Cristina llegó hasta donde estaba su amiga.

—¿Qué encontraste, Raquel? ¿Otra hada del arco iris? —preguntó esperanzada.

—No lo sé —Raquel estaba parada en la orilla de un riachuelo—. Me pareció escuchar algo.

La cara de Cristina se iluminó.

—¿Un hada en el riachuelo?

Raquel asintió. Se arrodilló en la hierba suave y acercó la cabeza al agua.

Cristina también se agachó y prestó atención.

El sol resplandecía en el agua que caía y chocaba contra miles de piedritas brillantes. Sobre la superficie del riachuelo se formaban pequeños arco iris que relucían sus hermosos colores: rojo, anaranjado, amarillo, verde, azul, añil y violeta.

En ese momento, las chicas escucharon una vocecilla burbujeante.

—Síganme… —dijo la voz—. Síganme…

—¿Qué? —dijo Raquel emocionada—. ¿Escuchaste eso?

—Sí —dijo Cristina con los ojos muy abiertos—. Debe de ser un riachuelo mágico.

Raquel sintió que el corazón le latía apresuradamente.

—Quizás el riachuelo nos lleve hasta el hada amarilla —dijo.

Raquel y Cristina guardaban un gran secreto. Les habían prometido al Rey y a la Reina del Reino de las Hadas que encontrarían a las hadas del arco iris. Jack Escarcha las había hechizado y enviado a la isla Lluvia Mágica. Mientras no aparecieran

y regresaran al Reino de las Hadas, este seguiría siendo un lugar frío y gris.

Algunos pececillos dorados nadaban entre las algas verdes que había en el fondo del riachuelo.

—Sígannos… —susurraron con sus voces burbujeantes—. Sígannos…

Raquel y Cristina se miraron asombradas. Titania, la reina del Reino de las Hadas, les había dicho a las chicas que la magia las guiaría hasta las hadas.

Los padres de Cristina se acercaron a las chicas y se detuvieron a admirar el riachuelo.

—¿Por dónde vamos ahora? —preguntó el Sr. Tate—. Ustedes dos parecen conocer el camino.

—Por aquí —dijo Cristina señalando la orilla del río.

Un azulejo voló desde la rama de un árbol. Las mariposas brillantes como joyas revoloteaban entre las espadañas.

—Todo es tan hermoso en Lluvia Mágica —dijo la mamá de Cristina—. Me alegra saber que aún nos quedan cinco días de vacaciones.

"Sí —pensó Raquel—. Cinco días para encontrar cinco hadas del arco iris: Azafrán, Hiedra, Celeste, Tinta y Violeta".

No te pierdas el próximo libro de la serie

RAINBOW magic™

Azafrán, el hada amarilla

para saber a dónde llevará
el riachuelo a Raquel y a Cristina.